KB074509

봄 끝 길다

이미지북 시조선
001

봄 끝 길다
ⓒ 오종문, 2023

1판 1쇄 인쇄 | 2023년 12월 20일
1판 1쇄 발행 | 2023년 12월 29일

지 은 이 | 오종문
펴 낸 이 | 이영희
펴 낸 곳 | 이미지북
출판등록 | 제324-2016-000030호(1999. 4. 10)
주   소 | 서울특별시 강동구 양재대로122가길 6, 202호
대표전화 | 02-483-7025, 팩시밀리 : 02-483-3213
e-m a i l | ibook99@naver.com

ISBN 978-89-89224-64-8   03810

* 이 도서는 2023년도 한국문화예술위원회
  아르코문학창작기금 발간지원 사업에 선정되어 발간되었습니다.

이미지북
시조선
001

봄 끝 길다

오종문
시조집

이미지북

어떤 작품을 시인의 의도대로 해석해서
공감하는 일이 가능할까.
완벽하게 이해하고 해석해서 받아들이는 일은
거의 불가능에 가까운 일일까. 그런데도
시조를 읽는 이들은 그 글자의 세계로
빠져들어 난독難讀의 어려움을 뚫고서라도
시인의 심중心中을 꿰뚫어 보고자
시인이 지은 미로를 기꺼이 헤맨다.
시인과 독자 사이에 놓인 글자가 만든
시조 행간의 미로에는 탈출구가 존재하지
않을지도 모른다.
입구도 출구도 모호한 글자 사이사이에 놓인
심연 속에서 헤매는 것, 바로 거기서
시조 읽기의 즐거움이 탄생할지도 모른다.

2023년 12월

차 례

봄   끝   길   다

제 2 부

■

제 3 부

■

제4부

■

제 5 부

■

제 1 부

빈 그릇 앞에 두고

빈 그릇 앞에 두고 짙어지는 풀빛 심사心思

무슨 물 담아낼까
어떤 그릇의 사람 될까

궁리 끝 나를 죽이고
입만 보고
물똥 낸다

달빛 서재

손만 살짝 닿아도 갈잎처럼 바스라질
어둠 속 별을 가둔 무량한 이 고요함
누추한 바람 서재에
만월 달빛 찾아왔다

발정난 들고양이 긴 밤을 밀어올리고
두꺼운 책장 속에 수자리 선 낱말들이
세상이 너무 궁금해 마음 길을 내고 있다

변새邊塞 뻐꾹새 울음 산처럼 무거워서
참나무 잔가지를 부러뜨리는 고단한 날
큰 나라 백성이 되어
개활지를 내달린다

봄밤의 파접罷接

한 권의 시집 속에 탈고된 성전의 봄
얼마나 많은 꽃이 피기도 전 스러졌던가
하늬 끝 칼날을 지나
구름 밟고 떠났던가

삼월과 오월 사이 태어난 사생아 같은
치열한 세상 하나 마음 끝 오르기까지
구름을 연못에 던진 바람의 몸 보았다

심장의 체온이 흐른 은유의 꽃숭어리
홀로 꿈꾸게 한 것 품을 수 있었을 때
얼룩진 독백을 접고 사랑 하나 들였다

와락 안아도 좋을 숨이 멎는 골목 달빛
눈빛 너무나 깊어 눈물에 이르지 못한
봄 그늘 앉기도 좁은
강물 소리 참 멀다

별 아래서

지상에 떨어지는 한 잎의 푸른 저녁
망초꽃 숨겨 놓은 천기를 읽으려고
달무리 바람의 뼈들 운행하는 별을 본다

드넓은 우주 평야 참혹한 꽃 은하수
진화를 계속하는 별 궤적의 결을 따라
켜켜이 흙먼지 생이 움칠 몸을 뒤척인다

홀로이 먼저 떠난 봄꽃도 늦는다는데
사람 기다리는 일 뭐가 그리 어려울까
상처 난 별자리들이 와락 품에 안긴다

거먹구름

세상 한번 엎어보자
무작정 모여들었다

입고프고 귀고프고 가슴고픈 반편이라

흰소리 아귀다툼 속
물밑싸움 중이다

밤, 소쩍새 우는

소쩍새 서술 울음 허공에 붙박이랴

고요의 건너편에 운문으로 닿았을까

산허리 잡목숲 휘청
난독으로 읽는다

백련 동백

천하를 주유하는
구름과 눈 맞아 살다

한 날은 봄빛 한 점
슬몃 들어앉히더니

갓 붉은
뒤늦은 마음
닦달하는 중이다

8월 끝머리에서

얼마나 견뎌내야만
꽃으로 피어날까

수직적 세상에서
수평적 세상으로

사람을
건너는 일은
여름 한 철 밀교였다

변새邊塞, 화살나무는

낮은 산등성이에 살 발라낸 시詩가 있다
그 길밖에 없다는 듯 허공을 붙들고 살며
시위를 떠나지 못한 절규하는 시놋가 있다

바람에
선동당하며
뻐꾹새가 목을 풀던
그 울음 받아쓰는 전쟁터 전사 같다
아니다 영웅과 같다
순교하는
투사처럼

변새 외재적 불빛 마음에 아스라하다
고요를 깨트리고 깨달은 의미처럼
과녁을 기억하려고 애를 쓰는 중이다

봄빛 한 점

B병동 머물렀을 때 남은 생을 생각한다
노동의 인질이 된 암울했던 인간사가
옷 사이 연한 공기를
알몸으로 만진다

일생 현기증 나는 뜬세상 부둥켜안고
그토록 아름다운 그늘 거둬들이기까지
아껴둔 눈물 한 방울
파도처럼 높았다

곤궁한 한 계절이 위태롭게 건너가고
버스 맨 뒷자리에 풀어놓은 봄빛 한 점
따뜻한 존엄의 숨을
불어넣고 떠났다

홍엽전정 紅葉傳情

선 채 겉옷을 벗는 나무들이 소란하다
사는 게 별거냐며 초록이 빠져나가고
과묵한 햇빛 한 점이 당단풍에 내린다

산이 산을 가두고 물소리가 날 가둘 때
건널 수 없는 거리 마음에 이르기까지
먹먹한 가랑잎 하나 바람길을 묻는다

모든 것 입적을 한 이산 저산 적막강산
한 권 자서전 끝낸 그 환한 몸 밖에서
누군가 헌정한 말씀 고삐 풀고 웃는다

금니 유감遺憾

"금이빨 삽니다"란 구둣방 배너 광고
각막을 투과하여 시선을 포박했으니
막간의 마음 갈피에 통점으로 남았다

뜬세상 깊은 혈거 숭숭숭 뚫린 자리
오복 중 하나라는 복도 못 꿰찼으니
금니가 하나도 없는 참 가난한 입이다

미안타 미안하다 세간의 일 대변하듯
간절한 외침 속에 세 치 혀도 너무 길어
한 청춘 저물어가는 것 어금니로 대신했다

우주 쇼

방화벽 뚫고 침투한
몇 바이트 태양 흑점

모니터 물질하며
칼금 긋는 별을 본다

빈 우주
궁륭의 평야
고픈 눈빛 별마중

바람이 불어오는 날

바람이
불어오고
만장이 펄럭인다

빗속으로 빗속으로 강변하며 걸어들어가

마침내 불온한 희망
뚝 꺾어서
버렸다

인생 정류장

단 한 줄 문장으로 파산을 선고했다
슬픔, 눈물에 대한 위로의 말은 없다
살면서 가장 막막한 일이란 걸 알겠다

슬픔 깊고 가득해 마음이 괴로웠다
한 번도 겪지 못한 파란의 길 걸으며
중심을 잃는다는 것 이제 뜻을 알겠다

그늘 거둬들이기까지 유목의 가족 있다
앞으로 올 날들은 다시 새날이라는
뭇별들 인생 정류장 그 말귀를 알겠다

제 2 부

늦저녁 안부

내 오늘 한 일이란
한 사람을 생각한 일

이 저녁 천지간에
그리움을 깔아놓는 일

어머니 무릎뼈 통증
눈물 한 장 참는 일

봄빛 시집

보리밭 봄눈들의 주체못한 한가로움
종일 어쩌지 못해 한가지로 수작 건다
우르르 몰려나와서
참던 말을 터트린다

웅크린 낱말들이 문장 속에 깨어나고
시절은 시절대로 무한대로 흘러가서
들바람 콸콸 쏟으며
젖어가는 중이다

흙밭 속 불덩이로 타오르는 것이리라
필경 먼 휘파람에 젖어가는 것이리라
한 사람 여생의 봄을
함께 사는 것이리라

해 뜨고 해 지는 일 한가지로 바라볼 때
푸르게 더 푸르게 나부끼는 풀꽃 심상心象
마침내 봄빛 깨치고
은유 하나 새긴다

서운암을 거닐다

해 뜨는 동쪽에서 해가 지는 서쪽까지
서운암 내경에 들어 나 홀로 걷는 동안
중력의 첫발자국이 너무 깊다 무겁다

나 아닌 너가 없고 너 아닌 내가 없는
꿈결에 졸다 깨다 눈꺼풀 쓸어내리면
혼절한 곡선의 시간 금낭화가 피어난다

문장을 완성 못 한 하늘이 저물어가고
종일 게을러빠진 업을 쌓고 깨우는 일
영축산 개미 한 마리 숨찬 몸을 끌고 간다

산문 밖 북새질치는 현기증 난 통속의 말
잃어버린 뿔을 찾아 궤도를 이탈하면
달빛에 베인 분별심 사각사각 무너진다

폭설, 내리다

우주의 천장 뚫고 처음 내린 눈들 위로
어디로도 갈 수 없어 휘날리는 눈송이들
땅 위에 안착 못 하고 공중 속에 떠 있다

폭설에 태어나서 폭설 속에 죽어가는
지구별 가까운 곳 흩날려온 눈송이들
한 생이 저 가지 끝에 유산으로 남았다

오래 전 내린 눈과 지금 내린 눈 사이에
저마다 흔적 없이 사라져간 눈송이들
바다 위 공동묘지에 는개비로 내린다

인간의 욕망 사이 그물에 갇혔다가
공중 속에 떠다니는 미증유의 눈송이들
정수리 체온에 녹아 제 몸 하나 거둬갔다

오후 네 시의 봄빛

걸어온 길보다도
갈 길이 많은 날은

물빛 문장을 두고
홀로 울먹였을까

봄빛은
오후 네 시를
막 지나는 중이다

물방울

평화로 뭉쳤다가
지상에 닿는 순간

제 몸을 아름답게
터트리는 응집된 힘

완벽한
빅뱅을 위해
한 호흡을 참는다

삭풍朔風 앞에서

오랜 굴욕의 시간 홀로 견디고 난 뒤
동류의 사람 틈에 몰래 섞여 나선 법정
핫아비 입적을 위한
다비식을 엄수한다

평일의 수신제가 너무나도 어려워서
매 순간 빅뱅이던 존엄에 맞선 자존
북새판 묵시의 말이
혓바닥에 떠 있다

머리는 더 차갑게 가슴은 더 뜨겁게
냉철해야 한다고 덥혀가야 한다고
그날은 굳은 결심의
다짐 또한 있었다

봄 끝 길다

그예 모란이 졌다
눈물도 뚝뚝 졌다
간혹 외로웠구나 사는 일도 잠시인지라
한철을 건너가는 데 너를 잃고 서 있다

참말로 그날 그때 꽃 맵시는 이뻤다고
연둣빛 스며드는 오월의 바람 사이
사랑은 낙화 직전의 봄을 밟고 떠났다

한 날은 흙이 되고 돌덩이가 되더라도
또 한날은 구름 되고 하늘이 될지라도
사월은 눈빛이 짧다
몹쓸 봄 끝 참 길다

오름 신전

한때 뜨거웠던 몸
불덩이로 터트린 말
크든 작든 높든 낮든 차별 없는 평등 세상
구름밭 오름의 신전 신탁으로 받았으리

바람새 참억새의 무리까지 다 이끌고
무량하고 무진한 것
무궁하고 번창한 것
한 하늘 중력 가누며 화산섬을 낳았으리

상고대 피는 시간 불 피운 돌의 제단
서로 한통속이 된 서귀포 은빛 바다
담대히 독대했으리
사람들을 길렀으리

정월 세한도

얼마나 많은 일이 지난해 일어났는가
힘들게 산 넘던 눈 마을에 주저앉아
밤사이 그린 세한도
너무나 흰 붓끝이다

어제 눈송이 위에 다시 눈이 쌓여가고
수묵 속 백발 노옹 걸어 나와 비질한다
언 가슴 우거진 근심
싸리비로 쓸어낸다

하늘 가장 가까이 곧게 뻗은 소나무들
거친 붓 휙휙 놀려 바람의 길을 낸다
초저녁 길이 끊긴 집
고라니만 다녀갔다

남은 생보다 더 긴 고요에 갇힌 하루
며칠째 지상에는 싸락눈이 가득하다
대설 후 삭망월 지난
소한 때의 일이다

눈 오는 날에

산 하나 끌고 와서
물음 하나 던집니다

"얼마를 더 살아야 공평하다 말을 할까"

끝내는
웃통을 벗고
산을 메고 떠납니다

그곳, 굴피집

그곳엔
산을 닮은
굴피지붕 집이 있다

백 년의 그리움 버틴
화전민이 살고 있다

얼마나 독작獨酌했을까
감자술을
홀짝였을까

그 동네 골목길은

올곧고 솔직하는 그 동네 골목길은
집과 집 연결하고
담장을 구분한 길
가파른 모든 집들의 현관이고 마당이다

온전히 살아남아 사람들 끌어들인
울퉁불퉁 못생긴 길
고집스런 답답한 길
낡은 집 기둥이 견딘 더 오래된 시간이다

어디로 꺾일지는 아무도 알 수 없는
이유가 있을 때만
굽어지고 넓어진 길
한 사람 숨소리까지 촘촘하게 기억한다

어떤 존엄성

졸지에 창졸간에 쫄딱 망한다는 말
곤궁한 핫아비의 냄새라도 나는 걸까
사는 게 불구덩이라 더 울지도 못했다

기댈 담벼락 없어 세상을 툭, 건들었다
무장 더 피 흘리고 무장무장 피 말리는
매 끼니 벅찬 배고픔 존엄성에 맞섰다

세월은 잘 가는데 눈먼 세월 잘도 가는데
인생은 짧은 거라 마려운 오줌도 참고
심장을 펌프질하는 유목의 길 걸었다

자꾸만 바람 불고 비 오고 눈발 날리는
이 일 저 일 온갖 잡일 갱도를 파내는 일
궤도를 빠져나가면 불꽃 같은 세상 올까

근황, 너에게

사랑의 접속 플러그 그대가 빼버릴 때

정신은 정전이 되고
육체는 무덤이 되는

절박한 접속사들이 남은 형을 집행한다

제 3 부

사막

사람은
낙타를 타고
사막을 건너 갔고

낙타는
사람을 싣고
사막을 건너왔다

사막은
홀로 긴 밤을
견뎌내는 중이다

밤이 깊었다

거식증 걸린 태양이 하루를 꿀꺽한다
두꺼운 서책 속의 무량한 활자 저 편
우주는 너무 심심해
잔별들을 토해낸다

누군가 가족 되어 빈집으로 스며들고
누군가 한 발 앞서 사건을 재구성하고
누군가 책장을 덮고 참회하는 중이다

아무도 오지 않는 고전의 이 기다림
허기진 몽상가가 한 왕국을 건설할 때
한 권의 통사가 되는
한 줄 밤이 깊었다

버스는 떠나가고

꽃 피고 꽃 진 자리 멍이 너무 아프다 흔들리
며 떠난 버스 워낭에 갇혀 울고
무례한 무량의 해가 산 하나를 넘는다

허한 뱃속에서는 각개전투 벌어지고 헛꿈만
대책 없이 용두질한 습한 문장
불편한 오류의 말을 곱씹으며 흔들 한다

땅 키운 긍휼의 빛 별빛으로 오는 동안 포장도
풀지 못한 늙은 바람의 참말
아득한 무게로 와서 우두커니 서 있다

무엇을 비우기도 버리지도 못한 채로 외딴집
수절을 한 고요를 파탄 낸 뒤
궁벽한 책장을 덮고 이 여름을 봉인한다

인생 동화

그 사이 아이들 크고 어른은 늙어가고
누군가 현기증 나게 저편에서 걸어온다
우물 옆 한 그루 나무
몰래 훔친,
빈집 시간

오래 전 차압 당한 청춘을 해제하고
잘못된 모든 길을 처음으로 되돌린다
다 닳은 흑백필름 속
붉은 동백,
짧은 봄밤

평일 고해苦海

마침내 툭 툭 터져 개나리가 창궐한 봄

한날은 우수憂愁의 말 우수수 쏟아졌다

한날은 헛꿈만 모아
무쇠솥에 삶았다

내설악, 단풍 아래서

아이가 다 자라면 어른은 그만큼 늙고

제자리 찾아 가는 여행자 그 시간도

내설악 단풍 아래에서는
또 한 편의 시가 된다

영웅

역사를 웅숭깊게 들여다본 적 있는가 전설이
되고 싶어 천하를 주유하는
　절대적 신이 되려는 영웅은 늘 존재했다

강산은 못 지켜도 제 밥그릇 잘 지키고 깊은
내공도 없이 절대 고수 되려 하는
　스스로 만든 자화상 그 허명이 불편하다

명예를 손에 쥔들 무슨 의미 있겠느냐 안락한
의자에서 달콤함에 취한 순간
　추락한 기억의 칼은 뼛속 깊이 파고든다

무릇 영화榮華보다는 사는 법에 중심 두고 오
늘에 감사하고 들녘에 고개 숙이는
　아버지 굽은 등 위로 별은 반짝 떠오를까

진실로 존경하는 결점 있는 우리 필부 들꽃이
시든 뒤에 잎들이 더 짙어지듯
　이 시대 영웅이 되는 그런 날이 오긴 올까

짧은 세 치 혀 놀려 둥근 말로 포장하는 여기
에 무슨 말을 더할 수가 있겠느냐
　이제 막 도착한 가을 뜬구름을 끌고간다

돋을볕 들녘에서

늦잠쥔 바람에도 제 몸 맡길 줄 알고
서로 몸 기대면서 어우려져 살 줄 아는
돋을볕 이슬을 털며 논둑길을 걷는다

안개가 강을 건너 여기 당도할 때까지
감사의 고개 숙인 벼 사이 서 있으면
한 생각 맑은 가을빛 하눌신폭 깊어진다

한 뼘 더 너에게로 발맘발맘 다가서면
전라도 주술 같은 저 낱알의 사투리들
앙다문 입말 옹아리 사람 사이 길을 낸다

벼꽃도 환한 들녘도 약게 잘못 산 일도
구름 한 점 써놓고 돌아서는 그 발길에
뿌리 끝 오래된 눈물 함께 섞여 들었다

꽃의 화엄

필경 꼭 한 번은 꺼내 보여줄 심장
꽃을 피우는 일도
스스로 지는 일도
휘어진 마음 길 따라 붉은 등을 내건다

무허가 달빛 아래 둥근 방 한 칸 얻어
암수술 다 열리도록 살그래 내통하는
친절히 수음을 허許한 치명적인 사랑이다

순간을 백년처럼 사는 게 아득한 날
한 생은 실존했고
한 생은 부재했던
칸칸이 화엄의 시간 건너가는 중이다

월경을, 했다

그랬다 모든 것은
경계선에 놓여 있다
그리움 덩어리를 끊임없이 생산하고
무성한 시간의 뼈가 무덤처럼 쌓인다

오늘은 미 대통령이 깜짝 월경越境했고
잠든 세포를 깨운 한 여자가 월경月經했고
누구는 황량한 마음 묵정밭을 월경越耕했다

넘지 말아야 할 선 넘어야 할 선 앞에서
욕망이 켜켜이 쌓인 웅변과 침묵 사이
역사는 저물지 않고
스며드는 것이다

지독한, 사랑

한여름 한참동안 떨어지는 불볕이다
몸 속 구석구석에 오르가슴 오르게 할
중독된 지독한 사랑 목마르고 그립다

이윽고 닫힌 방의 철문이 열린 순간
무한 입술을 훔친 상큼한 짧은 입맞춤
카페인 목구멍 타고 내장으로 쏟아진다

완벽히 한 몸이 된 관능의 꽃 피어나고
알싸한 수액으로 쾌락 뚝 뚝 떨어지는
경제적 돈을 지불한 내 사랑은 황홀하다

잠시 뒤 달콤한 맛 블랙홀로 빨려가고
깨어난 세포들도 냉장고에 처박히고
화려한 빈 깡통들은 고요하게 버려진다

2018, 폭염

심장을 뜨겁게 달군 미친 사랑 때문일까

쓴 속을 난도질당한 무력감 때문일까

말매미
찌, 르, 르, 찌, 찌
타전하는 폭염 특보

오죽 잘났으면

촘촘한 얼개 없이 소신 두 자로 귀를 막고

뜬세상 구린내를 냅다 내다 풍겼을까

토사물
성을 쌓더라
매장된 채 썩더라

내 생의 품사학

주어와 동사로 된 간결한 단문처럼
내가 너를 바라보는 마음을 닮은 품사
한 글자 생략도 없이 써 내려간 생의 문장

주어와 술어 사이 까칠한 말 등장하고
글 속에 파고들어 설명하고 꾸며주는
하룻밤 애정을 가진 부사가 살고 있다

아니 거추장스런 군더더기 지천명 나이
간명한 답보다는 심장을 뛰게 하는
두꺼운 책장을 덮고 뜨건 숨을 몰아쉰다

존재가 주어이고 살아냄이 술어라면
고통도 삶이라는 카테고리 그 안에는
황홀한 미사여구가 삽입되고 삭제된다

한글수업시간

헌 집은 자폐를 앓고 빗금만 긋고 있고
봄비는 기척도 없이 처마 밑에 숨어든다
이런 날 그 마을에는
한글 수업 시간이다

다 닳은 몽당연필로 꾹 눌러 쓴 가갸거겨
침 발라 가족을 쓰면 눈물이 글썽이고
뭉클한 사랑을 쓰면 사랑꽃이 피어난다

간혹 잊힌 것들이 풀잎처럼 돋을 때는
두꺼운 공책 속의 고요보다 더 두려운
필생의 짧고 굵직한
문장 한 줄 쓰고 싶다

가시엉겅퀴에게

여름내 설전 끝에
피어나 울어버린

사랑을 가시에 찔린
난해한 방언의 말

이대로
엉켜 살리라
엉켜서 죽으리라

가을입니다

생존을 위한 투쟁
정통의 길이었다고

그냥 홍시도 못 된
땡감이라 고백하자

거룩한
이 자본주의
가을보다 더 외롭다

캔 음료수를 마시면서

내 입술 살짝 훔친
한 번의 달콤한 유혹

금욕의 혓바닥에
쾌락의 꽃 피어나고

빈 깡통 차버렸을 때
그 사랑에 함몰된다

제 4 부

흘러간다

심장에
찔러 넣은
시 한 편 흘러간다

정신을 관통하고
고요하게 흘러간다

이 가을 아스라하다
눈물이여
허무여

봄의 약사略史

자유의 머나먼 길 가다 가다 지친 하늘
지구와 별의 거리 풀벌레가 메꿔간다
우주를 건널 수 없다
한 세상을 이고 있다

내 낮은 흐느낌이 하나의 말 될 때까지
녹이 슨 봄의 유산 사각사각 긁어내고
문 닫는 세습의 시간
탈주하고 싶어진다

상처는 버릴 데가 없다는 것 처음 안 날
어둠의 화살 끝에 깊게 찔린 별을 본다
별에도 소리가 있다
그 소리가 들린다

평일의 문장

손에 쥔
답보다는
질문만이 많아지는

늦가을
평일 오후는
유언이고 유품이다

마지막
홑옷을 벗는
발칙한 문장文章이다

배롱나무 저 가지 끝에

한 박자
놓친 생이
빨래처럼 펄럭인다

가지 끝 잠시 빛났던
한 생이 아스라하다

출가한 붉은 심장의
한 인생이
흘러간다

눈 내리는 밤

오래 배를 곯다가 한술 뜬 쌀밥처럼
칸트의 실존철학 진한 글맛에 빠져
온몸에 따뜻한 피가 물길처럼 돌았다

사후는 존재할까 정말 신은 존재할까?
유한한 삶을 두고 존재 의미 묻는 동안
랩음악 슬랭 가사가 한 시절을 끌고 갔다

문고판 읽으면서 아메리카나 홀짝대며
고전의 찹쌀떡을 쑥떡을 씹는 정초正初
밀실에 헛꽃만 피운 이 고독도 허영일까

떠나간 옛 사람이 다시 그리워질 때
눈길 속 나타샤와 긴 연애를 하고 싶다
존재도 행방 묘연한 눈 내리는 밤이다

목련꽃 환한 날

목련 환하게 켜진 등불 같은 길을 달려
헛심 쓴 사내 몸이 한 계절을 건너는데
창졸간 이탈한 궤도
낮밤들이 사라졌다

조용한 골목길의 좀비가 된 들고양이
후드득 떨어지는 이 빗소리 착상시킨
긴 혀를 탈옥 못하는
비굴함에 동의한다

외딴 방 생의 문장 쓰고 쓰는 지독한 짓
욕망을 관통하는 내 사랑도 늙은 봄밤
수상한 꽃이 다 졌다
고요로의 귀환이다

오월의 숲에서

언제나 한 발 앞서 가는 봄 붙잡으려고
뒷산의 저 뻐꾸기 마음 닦고 우는 날은
웃자란 고요만 밟고
답이 없는 말을 튼다

신도 엿볼 수 없는 심연의 그 골짜기
아직도 경계 안에 무릎 대고 들지 못해
한 세월 나뭇잎 같은
멸滅에 대해 생각한다

기억은 어딘가에 민둥산을 쌓아가고
늦도록 깊고 습한 오솔길을 걸었을까
장미꽃 식솔 데리고
붉게 피는 오월이다

목포, 가을 바다의 詩

저녁놀이 수평선을 쫘악 깔아놓았다
간절히 원했던 것 너무 늦게 알아버린
내 사랑 고백 속에 든
동백 같은 붉은 시詩다

목포의 그 눈물은 흘러가는 것이 아닌
유달산 노적봉에 이어지고 포개지는
따뜻한 피가 흐르는
청춘의 파도이다

우리가 서 있는 곳 잠시 깨닫는 동안
조각조각 부서지고 흩날린 비릿한 삶
한 문장 목포는 항구다
이 말이면 충분하다

눈물도 바닥이 나 물방울로 반짝이면
가을빛 따라가다 가을 바다 풍덩 빠진
섬 사이 시간의 둘레
그리움이 출렁인다

한 잎의 사랑

사랑은
낮아질수록
풀꽃처럼 아름답다

가장 강한 강함이든
가장 약한 약함이든

사랑은 머리 숙일 때
겸허하고
고귀하다

어머니의 도마

다 닳은 부엌칼이
한 사상을 품고 있다

내장을 점령하고
배고픔을 통치하던

도마 위
공명空名의 권력
그 힘으로 살아왔다

붉은 귀향
―크리스마스섬의 홍게

우기가 시작된다 보름달이 떠오른다
이동이라 이동하라 바다로 이동하라
대장정 거룩한 희생
기적을 일으켜라

이주자 고행의 길 그 대열에 합류하라
하현달 만조 되면 익살스러운 춤을 추는
경건한 생존의 의식
성숙한 알 털어내라

보름달이 떠오른다 밀물이 밀려온다
이동하라 이동하라 숲으로 이동하라
유전자 깊숙이 박힌
본능까지 깨워라

식민의 밤

살면서 나무만 보고
숲은 보지 못한 걸까
정작 숲만 쳐다보고 나무는 못 본 걸까
불현듯 낭만주의적 몹쓸 생이 궁금하다

아직도 유효한 것 키를 넘긴 숲의 배경
아찔한 절벽 끝에 심장의 불을 켜고
굴복한 사랑을 쓰는 식민의 밤 깊어간다

당대의 깊은 소외 허방의 집 사이에서
가진 게 너무 없어 일평생이 행복하다
잠복한 패배주의가
별 아래서 뒤척인다

한 시대를 건너는 법

썩은 양심이여
청대처럼
솟아나라

소신 있는 행동으로
옳은 길을
걸어가라

아무도 말 못하는 땅
깃발처럼
나부껴라

둑방길 저녁

사는 게·다 그래요
별일도 아니지요

매일 닿지도 못한 헛된 꿈만 꾸다 마는

애꿎은 산꿩이 우는
저물녘의 일이지요

대구, 시월의 그날

　병술년* 대구역 앞 시월의 그날이었다 진실이
봉인된 채 수면 아래 묻혔다가
　끝내는 참다 터진 말 내출혈로 흘렀다

　흉년에 호열자가 해방 공간 창궐하고 좌우로
편입된 채 멀미하는 바닥 민심
　돌멩이 주먹 쥔 손이 함성으로 터졌다

　배고파 쌀 달라는 군중들의 항쟁인가 미군정
충성스런 일경日警의 잔치인가
　알곡식 공출 명령에 총소리가 튀었다

　그 시위 전국으로 들불처럼 번져가고 아홉 살
이쁜이에게 덧씌운 반공 멍에
　계속된 공포의 계엄 무서움에 떨었다

　잘못 뀐 역사 단추 별로 다는 거리에서 가을
볕 장례 치른 광장 홀로 깊어가고
　한날은 잡풀이 되고 또 한날은 들풀 된다

아아, 낮술 마시는 통렬한 고백도 없이 미청산
과거사를 써나가는 피의 문장
　　단 한 줄 수평한 세상 눈물들이 수장된다

* 병술년丙戌年 : 1946년.

가을볕에 대한 기억

우주에 떨어지는
가을볕 아스라하다

그 너머 하늘 너머
그 너머 들녘 지나

골목 안 허름함 사이
반짝이는 목소리

청도, 그곳

운문雲門의 두 글자가
쑥 밀고 들어온 날

경계를 허문 절집
쏟아지는 여름 폭우

찰라의 풍경 소리가
마음 고요 흔들었다

먹먹한 날

매순간
건너서 온
고질적인 우리 사랑

지금껏 한 일이란
전전긍긍 살았던 일

먹먹한 알몸의 사람
또 그립고
외롭다

제 5 부

지구별 통신 1

한동안 쉬고 싶어 지구별에 왔습니다
낯익은 공간에서 익숙한 풍경 보는
벚꽃이 비상등 켜고
달려오는 봄입니다

불명의 바이러스가 행성을 점령하고
사방이 고립된 채 숨이 턱 막힐 때면
뜨거운 심장 속에서
욕망들이 폭발해요

아무도 읽지 않은 이 거리의 쓸쓸함이
한 생각 자전하는 황량한 빛 아래서
미세한 그 떨림으로
그리움을 키워가요

캄캄한 은하계 속 빛나는 우주선 타고
이 봄을 횡단해 올 당신을 기다려요
노을이 내리는 저녁
그 언덕에 있겠어요

지구별 통신 2

황사가 살포되는 사월의 어느 봄날
엉뚱한 중력들을 위태롭게 받아내며
쳇바퀴 무료한 일상 채집하며 살아가요

한 번도 의문 없이 세습된 결 고운 땅
우리는 잠시 잠깐 살다 가는 손님이고
지구별 풍찬노숙의 여행자일 뿐입니다

그 사이 시간 늙고 공간이 구부러지면
때 없이 소환당한 마음의 불덩이가
순순히 결박당한 채 대낮에도 산란해요

아직은 몇 점 남은 햇볕을 아껴가며
가끔 격해도 좋은 착한 사랑을 위해
억눌린 온몸의 세포 열어가는 중입니다

지구별 통신 3

창밖이 어두워지면 삶은 조금 환활까요
당신이 죽인 신神을 시간 속에 파묻을 때
지상의 한 대기권에
숨 쉬는 게 느껴져요

그 많은 스침들과 많고 많은 어긋남들
단 한 번 마주침으로 바꿀 수는 없겠지만
언제나 통시적 사건
다 안다고 말 못해요

프리즘에 비친 빛들 사각사각 무너지고
우울한 존재 근황 헤살 놓는 창백한 말
외로운 한 잎의 저녁
달빛 전구 밝혀요

밤 깊고 새벽 오고 긴 아침이 올 때까지
단정한 자세로 앉아 오로라를 바라보며
지금은 누보노망의
시 한 편을 씁니다

지구별 통신 4

해 뜨고 해가 져도 무변광대 떠다니며
매질에 실어 보낼 헌 책 속 영원한 꿈
임무를 수행하세요
혼절하는
이 푸른 밤

우리가 빛 속도로 달려갈 수는 없어도
마음이 서로 닿지 않는다고 걱정 말고
우주에 쏘아 올려요
청량한
사랑의 말

아카식 레코드*가 기록하고 저장하는
한 마디도 안 놓치는 신들의 기억 창고
별들이 총총 빛나요
그리운 이
보고픈 날

달 보며 내 얼굴을 거울처럼 떠올리면

잠들 때 이미 이름 나직하게 불렀다면
온전히 한 몸이 되요
각본 없는
혁명의 삶

* Akashic Records : 예전부터 인간과 우주의 모든 활동 기
록이 보관된 일종의 데이터베이스.

지구별 통신 5

이 역병 궤멸하고 안전하게 건널까요
벚꽃 필 이맘때쯤 미혹으로 유혹하는
해질녘 창가에 앉아 붉은 노을 봅니다

하루를 생산하고 또 하루를 소비하는
고상한 사랑 찾아 신열이 난 나이에도
외로운 불꽃 피우며
꽃이 되면 안 될까요

몸 안에 존재하는 마모되지 않은 마음
우수의 사글세를 꼬박꼬박 지불하고
헛된 꿈 붙들고 사는
구름의 생 난 알아요

어쩌면 마지막 날 망명객이 될지라도
한 숟갈 눈물의 밥 한 방울의 진한 눈물
갸륵한 마침표 찍어 은빛 강에 뿌립니다

지구별 통신 6

이렇게 사는 것이 아니라고 울부짖는
끔찍한 무위無爲의 길 출구 없이 떠돌면서
한결 더 높아지는 벽
하루하루 넘어요

한 계절 탕진하고 격한 슬픔 생매장할
거대한 무덤들은 다 어디에 있을까요
중독된 낯선 외로움
총량만을 늘려가요

지구에 덮쳐오는 두려움 망설임 없이
햇볕이 잘 드는 집 웃음이 넘쳐나는
누구도 가보지 않은
천국의 문 있을까요

끝없이 엇갈려서 떠도는 일 기약 없고
돌아갈 소행성도 경작할 땅도 없어
늦기 전 유일한 무기
마음 갈피 숨겨둬요

녹음에 취한 봄이 흘러가고 흘러가요
한 번 더 용기 내서 다이브 할까 봐요
태양이 사라진 지구
신호등이 깜박여요

* 다이브Dive : 어떠한 이득을 얻거나 상대방이 이익을 가져
  가는 것을 막기 위해 위험을 감수하고 상대 진영으로 뛰어
  드는 행위.

지구별 통신 7

알아요 21세기 재앙 같은 멸종의 별
슬로우 비디오로 상영되는 가설무대
창백한 이 푸른빛은 어디에서 오는 걸까

착한 거짓말처럼 망가진 것 복구할 때
자전의 횟수만큼 우울증은 깊어지고
주파수 맞춘 말들이 갱생하며 소환된다

벽 같은 절망 앞에 스스로 두문불출
사라지는 빛에 대해 격하게 분노하며
우리는 늘 그랬듯이 숨이 너무 가쁘다

이제는 칼날 같은 마음 갈며 살아갈까
고독한 전쟁 치른 난장판 삶을 위해
사랑의 낡은 우주선 무사하게 착륙할까

그대가 원하는 게 나였으면 참 좋겠다
한 생각 무너지면 또 한 생각 일으키는
인류가 잃어버린 봄 하루 종일 읽는다

지구별 통신 8

우주의 대폭발 후 토해놓은 흐린 일생
목적지 찾지 못해 지구별을 떠돌면서
소개령 당한 대기권 발만 동동 구릅니다

선명한 코드 찍힌 소혹성의 시민 되어
해마다 먼저 오는 그 봄빛을 마중하다
불발된 삶의 혁명에 미로 속을 헤맵니다

날마다 참혹하게 타전되는 모스 부호
암호를 해석하는 고통스런 시간 지나
비밀의 닫힌 방 열고 한 미래를 봅니다

위대한 그 신들은 다 어디로 갔을까요
한 청춘 한 세월이 한 세계가 무너지고
유배된 마지막 심장 이 지상에 뿌립니다

언젠가 살아봤던 바로 앞의 생을 두고
태양도 생 마감한 별의 잔해 백색왜성
당신을 푸른 물결로 꼭 만나고 싶습니다

지구별 통신 9

뜨거운 시 구절은 늘 더디게 오는 걸까
우주 끝 지구 끝으로 각각 떠나야 했던
망령된 소문들만이 공히 밤을 써나간다

고요가 친밀하게 전해주는 생의 경로
밤하늘 무대 삼아 펼쳐내는 별똥별 쇼
육신의 모든 세포가 당신 향해 나부낀다

혓속에 부드럽게 추억들이 죽어가고
언제나 천억 년을 다시 머물 한 아이가
환승역 사라져가며 한 번을 더 흘러간다

그 너머 하늘 너머 무지몽매 사람들이
조용히 늙어가며 정박한 하루의 끝
존재가 삭제된 여백 시공처럼 아득하다

알전구 불빛 같은 둥근 달이 돋아나면
쓸쓸히 무너져 내린 앉은뱅이 몸짓으로
넌 지금 어느 별에서 지구별을 보고 있니?

지구별 통신 10

난 땅에 서 있는데 저 하늘에 너는 있어
날마다 보고 싶어 외롭게 쓴 권리장전
언젠가 생은 지나고 지난 생은 찬란하다

꽉 막힌 사고의 틀 해제해 줄 낡은 사랑
빛보다 더 빠르게 블랙홀에 봉인되고
자전을 역주행하는 불꽃 삶이 출렁인다

꿈의, 욕망의 잔해 패총처럼 쌓여갈까
당신 곁 갈 수 없어 오래전 닫힌 심연
한 발 더 가까워지길 바라면서 망명한다

온 곳도 가는 곳도 잘 모르는 이곳에서
'안녕' 인사를 하는 절대자의 푸른 권력
뜨겁게 산란을 하며 이야기를 기록할까

그 아래 불 지피는 내 마음의 빙상고원
'삶이 아냐' 통곡하며 풀잎의 시를 읽는
왜소한 지구별 봄이 세상 봄을 거둬갔다

이 저녁 천지간에 그리움을 깔아놓는 일
—오종문의 시조 미학

유성호

(문학평론가, 한양대학교 국문과 교수)

1. 기억의 뿌리를 찾아가는 여정

오종문의 새 시조집 『봄 끝 길다』는 한결같이 기억의 뿌리를 찾아가는 여정에서 길어 올린 미학적 결실이다. 시인의 기억은 지나온 시간의 세세한 결을 선연하게 재현하면서도 그 과정에서 치러온 낱낱 경험들을 원초적 형식으로 복원해 간다. 또한 오종문 시인은 스스로[自] 그러한[然] 존재자들의 빛과 그림자, 드러남과 사라짐의 양면성을 깊이 있게 관찰하고 표현함으로써 자신만의 사유와 감각을 선명하게 보여준다. 우리는 다양한 시선과 필치로 발화해 가는 그의 사유와 감각을 통해 정형 양식의 단정함 속에서 치열한 현재형을 일구어 가는 그의 시작

과정을 한껏 경험하게 된다. 또한 자연스럽게 그 안에서 직조되는 오종문만의 가열하고도 유니크한 그리움의 목소리를 만나게 된다. 이처럼 오종문 시인은 정형이라는 울타리 안에서 기억의 뿌리를 찾아가는 구심적 언어를 들려주는 동시에, 견고함과 생동감을 결속한 에너지를 통해 가장 섬세한 현재형의 언어까지 우리에게 건네고 있다 할 것이다. 이제 그 그리움의 세계 안으로 한 걸음씩 들어가 보도록 하자.

2. 절제된 언어와 시상詩想의 단시조 미학

근원적으로 시조를 포함한 서정시는 인간 존재에 대한 해석과 성찰을 고유한 음악 안에 담아내는 언어예술이다. 그리고 사물과 현상에 대한 경험과 그로 인한 독자적 반응을 통해 일종의 존재론적 '기원 origin'을 상상하고 질문하는 방법을 줄곧 택한다. 지나온 시간에 대한 경험과 반응 그리고 심미적 초월을 희원하는 일관성을 보여준다는 점에서, 서정시는 인간 존재의 기원과 궁극을 사유하는 원리에 의해 펼쳐진다고 말할 수 있을 것이다. 특별히 오종문의 시조는 내면과 사물의 접점에서 발원하여 세계 해석의 유추 가능한 지점을 선명하게 부조浮彫하는 창의적 역량을 잘 보여주는 사례로서 우뚝하다.

그는 직정 토로나 사실 묘사의 양 편향을 가뿐하게 뛰어넘으면서, 내면과 사물이 부딪치는 현장이 바로 '시적인 것'의 발원지라는 자각을 줄곧 우리에게 건넨다. 먼저 그의 절제된 언어와 시상詩想을 담고 있는 단시조 미학부터 살펴보자.

> 사랑은
> 낮아질수록
> 풀꽃처럼 아름답다
>
> 가장 강한 강함이든
> 가장 약한 약함이든
>
> 사랑은 머리 숙일 때
> 겸허하고
> 고귀하다
>
> ──「한 잎의 사랑」 전문

이 단아한 작품 안에서 시인은 '사랑'에 대한 비유적 명명을 수행하고 있다. 잠언箴言의 형식으로 집행된 그러한 명명 작업은 "낮아질수록/풀꽃처럼" 아름답고 "머리 숙일 때/겸허하고/고귀하다"는 것으로 모아진다. 그것이 비록 "가장 강한 강함이든/가장 약한 약함이든" 그 '한 잎의 사랑'이 던져주는 상징적 가치는 여전히 동일하다. 여기서 우리는 오종문 시조를 떠받치고 있는 가장 중요한 시적 정서를 암시받게 되는데, 그것은 한편으로는 낮아짐이나 숙임 같은 윤리적 자기 겸허로 나타나고, 다른 한편으로는 아름답고 고귀한 미학적 고처高處 지향으로 나타난다. 그렇게 낮아지면서 높아지는 역설적 함의를 통해 시인은 "가장 강한 강함"과 "가장 약한 약함"도 모두 통합하면서 사랑의 고귀함에 천천히 가닿는다. 그렇게 사랑은 "서로 몸 기대면서 어우러져 살 줄 아는"(「돌을볕 들녘에서」) 힘으로 이어져간다.

내 오늘 한 일이란
한 사람을 생각한 일

이 저녁 천지간에
그리움을 깔아놓는 일

어머니 무릎뼈 통증
눈물 한 장 참는 일

—「늦저녁 안부」 전문

다 닳은
부엌칼이

한 사상을 품고 있다

내장을
점령하고
배고픔을 통치하던

도마 위
공명空名의 권력
그 힘으로 살아왔다

—「어머니의 도마」 전문

이제 '사랑'은 구체적으로 어머니를 향한 안부와 회상으로 몸을 바꾼다. 앞의 작품에서 시인은 "한 사람을 생각한 일"로 오늘 하루를 보냈노라고 한다. 저녁이 될 때까지 "천지간에/그리움을 깔아놓는 일"을 수행한 것이다. 그것은 "어머니 무릎뼈 통증/눈물 한 장 참는 일"이기도 하였다. 늦저녁 어머니께 안부를 전하는 '생각함-그리움-참음'의 연쇄 과정이 '한 잎의 사랑'의 선명한 사례로 다가오고 있는 시편이다. 뒤의 작품에서는 어머니께서 쓰시던 '도마'를 제재로 삼아 "다 닳은/부엌칼"이 품고 있는 "한 사상"을 떠올리고 있다. 그 '부엌칼'이야말로 모든 식구의 내장을 점령하고 배고픔을 통치해 오던 "공명空名의 권력"이 아니었던가. 우리 모두는 '어머니의 도마'에 의해 길러졌고 살아왔던 것이다. 시인은 이처럼 "무릎뼈 통증"과 "다 닳은 부엌칼"이라는 소진의 현장에서 어머니의 가파른 생애와 그분이 남긴 '한 잎의 사랑'을 기록하고 있는 것이다. 그의 시조에서 어머니는 "따뜻한 존엄의 숨"(「봄빛 한 점」)을 여전히 쉬고 계시다.

가장 짧은 언어를 쓰면서 언어의 명료성을 부정해 가는 단시조의 기능은, 압축과 여백의 아름다움에 대한 집착을 굳건히 지켜가고 있다. 물론 그것은 언어 자체에 대한 부정이 아니라 언어 과잉을 방법적으로 반성하고 경계하려는 뜻을 함축하고 있다. 우리는 이 짧은 양식을 통해 인지 경험과 초월 경험을 동시에 치르게 되는데, 그러한 정서적 감염을 꾀하려는 의지가 오종문의 시조 미학을 한 차원 끌어올리고 있다 할 것이다. 절제된 언어와 시상을 담은 단시조가 '시인 오종문'의 존재론을 이렇게 품격 있게 높여주고 있는 셈이다.

3. 자연 사물을 통한 존재론적 해석과 성찰

다시 강조하거니와 서정시는 존재론적 해석과 성찰 작업을 지속적으로 수행해 간다. 오종문 시인은 이러한 해석과 성찰의 작업에 자연 사물을 적극 끌어들이는 모습을 보여준다. 그네들로 하여금 우리와 함께 살아가야 할 생명 원리가 되게끔 배열하고 은유해 간다. 인간 이성이 고양되고 과학기술이 발달하면서 인간이 자연을 지배할 수 있다고 믿었던 미망을 넘어, 그러한 오도된 욕망을 하나씩 허물어 나간다. 그래서 그는 일종의 생태적 사유를 흔치 않은 열정으로 보여주면서, 보다 나은 공존 원리를 모색하는 상상적 기록을 우리에게 건네고 있다. 우리도 그의 시조를 읽으면서 우리를 둘러싼 생명들에 대해 사유하게 되고 이러한 과정을 통해 궁극적 세계 이해에 스스럼없이 가닿게 되는 것이다.

한 권의 시집 속에 탈고된 성전의 봄
얼마나 많은 꽃이 피기도 전 스러졌던가
하늬 끝 칼날을 지나
구름 밟고 떠났던가

삼월과 오월 사이 태어난 사생아 같은
치열한 세상 하나 마음 끝 오르기까지
구름을 연못에 던진 바람의 몸 보았다

심장의 체온이 흐른 은유의 꽃숭어리
홀로 꿈꾸게 한 것 품을 수 있었을 때
얼룩진 독백을 접고 사랑 하나 들였다

와락 안아도 좋을 숨이 멎는 골목 달빛

눈빛 너무나 깊어 눈물에 이르지 못한

봄 그늘 앉기도 좁은

강물 소리 참 멀다

—「봄밤의 파접罷接」 전문

'파접罷接'이란 글쓰기나 책 읽기 모임을 마치는 것을 말한다. 시인은 피기도 전에 스러져 간 수많은 꽃들에게서 "한 권의 시집 속에 탈고된 성전의 봄"을 발견한다. 봄밤의 파접을 내내 관찰한 것이다. 하니 끝 칼날을 지나 구름 밟고 떠난 봄꽃들은 치열한 세상 하나 품은 채 바람 따라 사라져갔다. 심장의 체온으로 홀로 꿈꾸어 온 사랑 하나 들인 채 그 꽃들은 봄밤의 달빛 아래 "눈물에 이르지 못한/봄 그늘"로 파접에 든 것이다. 멀리서 들려오는 강물 소리를 배음背音 삼아 한 권 시집 속에서 "성전의 봄"을 만난 비장미와 숭고미가 함께 돋을새김되고 있는 명편이 아닐 수 없다. 그러한 마음이야말로 "전라도 주술 같은 저 낟알의 사투리들"(「돈을볕 들녘에서」)을 모은다거나 "마지막/홑옷을 벗는/발칙한 문장文章"(「평일의 문장」)을 수습해 가는 '시인 오종문'의 예술적 의지를 또렷하게 알려주지 않는가. 또한 "푸르게 더 푸르게 나부끼는 풀꽃 심

상"(「봄빛 시집」)을 통해 "남은 생보다 더 긴 고요에
갇힌 하루"(「정월 세한도」)까지 묘파描破하려는 시
인의 창조적 열정을 환하게 비춰주지 않는가.

그예 모란이 졌다
눈물도 뚝뚝 졌다
간혹 외로웠구나 사는 일도 잠시인지라
한철을 건너가는 데 너를 잃고 서 있다

참말로 그날 그때 꽃 맵시는 이뻤다고
연둣빛 스며드는 오월의 바람 사이
사랑은 낙화 직전의 봄을 밟고 떠났다

한 날은 흙이 되고 돌덩이가 되더라도
또 한날은 구름 되고 하늘이 될지라도
사월은 눈빛이 짧다
몹쓸 봄 끝 참 길다

—「봄 끝 길다」 전문

이번 시조집 표제작인 이 아름다운 시편은, 모란
이 지고 눈물도 지고 '너'를 잃고서 외로운 한철을
지나고 있는 누군가의 모습을 그리고 있다. '너'와
나눈 사랑은 예쁜 꽃 맵시를 남기고 낙화 직전의 봄
을 밟고 어느새 떠나버렸다. 그렇게 사랑과 이별의

눈부시고도 눈물겨운 교차 속에서 시인은 흙이거나 돌덩이거나 구름이거나 하늘이거나 무엇이 될지라도 눈빛 짧은 사월의 봄 끝을 여지없이 길게 마주하고 있는 것이다. 이 꿈이야말로 "한 권 자서전 끝낸 그 환한 몸"(「홍엽전정紅葉傳情」)으로 존재론적 완성을 이루려는 넉넉한 제의祭儀가 되고도 남음이 있다. 이러한 시편은 이번 시조집에서 "한 글자 생략도 없이 써 내려간 생의 문장"(「내 생의 품사학」)으로 변형되기도 하고 "사랑 고백 속에 든/동백 같은 붉은 시"(「목포, 가을 바다의 詩」)로 나아가기도 한다. 이래저래 오종문은 '사랑'의 시인이다. 크게는 "크든 작든 높든 낮든 차별 없는 평등 세상"(「오름 신전」)을 꿈꾸는 사랑으로, 아주 작게는 "어딘가에 지워지지 않고 남아"(「벙커에 토끼가 산다」) 있는 기억에 대한 사랑으로, 그의 시는 그 순간을 기록하는 이의 의지로 감싸여 있는 것이다.

이처럼 오종문 시인은 자연이 품은 풍경과 순간의 아름다움을 기록하는 일에 매진해 간다. 이제 우리는 시인의 중요한 목소리 가운데 하나가 자연에 대한 섬세하고 아름다운 기억과 그것의 심미적 형상화에 있다고 말할 수 있다. 이러한 아름다운 재현 과정 외에도 그는 자연 사물이나 현상을 삶에 대한 해석의 상관물로 활용하고 있는데, 가령 그것은 삶의 국면과 긴밀한 연관성을 가지는 것이다. 그 점에서 그의 시조에 나타난 자연 세목은 단순한 관조 대상이 아니라 시인 자신의 구체적 정서가 투영된 상관물로 존재하는 것이다. 오종문 시인은 이러한 원리를 시조가 가지는 형식 미학적 장처長處를 최대한 살려 구현해 가고 있다. 자연 사물을 통한 존재론적 해석과 성찰 과정이 여기서 생성되고 확장되어 가고 있는 것이다.

4. 초월과 안착의 공간으로서의 '별'

두루 알다시피, 한국 유일의 정형시인 시조는 압축과 생략의 방법을 통해 많은 분량과 짙은 밀도를 가진 정서를 비워냄으로써 단형 서정의 극점을 이루어 내는 양식이다. 시인들은 당연히 의미를 낱낱이 설명하지 않고 응축적으로 암시함으로써, 삶의 복합성을 넌지시 건넬 뿐이다. 이때 독자들의 상상적 참여 기능이 강화되는 것은 두말할 나위 없으리라. 그렇게 시조는 오랜 시간을 축적하면서 존재론적 보편성을 담아내는 그릇 역할을 오롯하게 담당해 왔다. 한 시대의 범례範例가 되는 시조 작품들은 근원적이고 보편적인 인생론적 경향을 띠면서 고전적 성정과 깨달음을 우리에게 하염없이 전해준 것이다. 오종문 시조 역시 이러한 고전적이고 인생론적인 질감과 무게를 지니면서, 섬세한 사유와 감각을 거느리고 있는 우리 시대 정형 미학의 대표 사례일 것이다. 그리고 그 안에서 필연적으로 솟구친 미학적 제재가 바로 '별'이라고 할 수 있을 것이다.

> 지상에 떨어지는 한 잎의 푸른 저녁
> 망초꽃 숨겨 놓은 천기를 읽으려고
> 달무리 바람의 뼈들 운행하는 별을 본다
>
> 드넓은 우주 평야 참혹한 꽃 은하수
> 진화를 계속하는 별 궤적의 결을 따라
> 켜켜이 흙먼지 생이 움칠 몸을 뒤척인다
>
> 홀로이 먼저 떠난 봄꽃도 늦는다는데
> 사람 기다리는 일 뭐가 그리 어려울까
> 상처 난 별자리들이 와락 품에 안긴다
> ―「별 아래서」전문

잘 알려진 헝가리 출신 비평가 루카치는 『소설의 이론』 첫머리를 "별이 빛나는 창공을 보고, 갈 수가 있고 또 가야만 하는 길의 지도를 읽을 수 있던 시대는 얼마나 행복했던가? 그리고 별빛이 그 길을 훤히 밝혀주던 시대는 얼마나 행복했던가?"라는 문장으로 채웠다. 그는 밤하늘의 별이 지도가 되어주던 시대를 떠올리면서 그것이 궁극적으로 인간이 돌아가야 할 길임을 설파하였고, "하늘의 별빛과 내면의 불꽃"이 완전히 한 몸이었던 시대를 불러왔다. 이때 '하늘의 별빛'은 초월적이고 신성한 질서를, '내면의 불꽃'은 신성을 향해 상승하려는 인간의 의지를 비유하는 것일 터이다. 오종문의 시조는 이러한 '별'의 아우라를 통해 이 불모의 땅을 초월하려는 상상력을 줄곧 보여준 흔적으로 가득하다. 그는 밤하늘의 '별'을 두고, 천기를 읽으려고 운행하는 달무리 바람의 뼈로 바라본다. 우주의 꽃 은하수에서 진화를 계속해 온 그 궤적을 따라 시인은 흙먼지 생이 움칠 몸을 뒤척이는 순간에 별 아래서 생각해 보는데, 바로 그 순간에 별 아래서 "상처 난 별자리들"이 품에 안기는 순간을 노래한다. 그렇게 "어둠 속 별을 가둔 무량한 이 고요함"(「달빛 서재」) 속에서 시인은 "필생의 짧고 굵직한/문장 한 줄"(「한글수업 시간」)을 별이라는 심상에 새기고 있는 것이다. 그리고 그 별을 향한 안착의 열정은 그로 하여금 '지구별 통신' 연작을 쓰게끔 하고 있다.

　한동안 쉬고 싶어 지구별에 왔습니다
　낯익은 공간에서 익숙한 풍경 보는
　벚꽃이 비상등 켜고

달려오는 봄입니다

불명의 바이러스가 행성을 점령하고
사방이 고립된 채 숨이 턱 막힐 때면
뜨거운 심장 속에서
욕망들이 폭발해요

아무도 읽지 않은 이 거리의 쓸쓸함이
한 생각 자전하는 황량한 빛 아래서
미세한 그 떨림으로
그리움을 키워가요

캄캄한 은하계 속 빛나는 우주선 타고
이 봄을 횡단해 올 당신을 기다려요
노을이 내리는 저녁
그 언덕에 있겠어요

—「지구별 통신 1」 전문

　이 유의미한 연작에서 시인은 우주가 "한 숟갈 눈
물의 밥 한 방울의 진한 눈물"(「지구별 통신 5」)의
유일무이한 발원지이자 "한 마디도 안 놓치는 신들
의 기억 창고"(「지구별 통신 4」)임을 발견해 간다.
시인은 벚꽃이 비상등 켜고 달려오는 봄인데도 바
이러스가 지구별을 점령하고 있음을 말한다. 미증

유의 팬데믹 상황에서 욕망이 폭발하는 심장들을 발견하기도 한다. 거리는 쓸쓸하기만 한데 미세한 떨림으로 키워가는 그리움이 시인으로서의 존재를 유일하게 증명하고 있다. 캄캄한 은하계 속 빛나는 우주선 타고 봄을 횡단해 올 '당신'이야말로 지구별을 안착과 치유의 공간으로 바꾸어 줄 것이다. 이처럼 지구별에서 보내온 통신들은 "언젠가 생은 지나고 지난 생은 찬란하다"(「지구별 통신 10」)다고 "우리는 잠시 잠깐 살다 가는 손님이고/지구별 풍찬노숙의 여행자일 뿐"(「지구별 통신 2」)이라고 말하는 듯하다. 하지만 "한 생각 무너지면 또 한 생각 일으키는"(「지구별 통신 7」) 생성 공간에서 오종문 시인은 가장 아름다운 지구별의 시를 써갈 것이다.

우리는 잘 써진 서정시를 통해 그간 대립적으로 인식해 왔던 표지標識들을 해체하면서 그것들을 재구성해 가는 과정을 경험하게 된다. 그것은 개념의 경계를 하나하나 지워나가면서 한동안 대립적 위치를 점하고 있던 것들을 해체하여 그것들이 한 몸으로 결속된 존재임을 증명해 낸다. 그래서 우리는 선형 도식이나 구도가 소멸하면서 다양한 타자들이 한 곳에 어울려 웅성거리는 풍경을 그 안에서 발견하게 된다. 삶과 죽음, 빛과 어둠, 생성과 소멸 같은 것들이 선명하게 구분되는 대립 개념이 아니라, 한 몸으로 묶여 있는 채로 사물과 운동을 규율하는 양면 속성이라는 것을 알게 되는 것이다. 오종문의 시조는 이처럼 초월과 안착, 생성과 소멸, 삶과 죽음 같은 대립적 지표들을 한결같이 재구성하면서 서정시를 통한 상상적 전회轉回를 감행하고 있다. 우리도 이 저녁 천지간에 그리움을 깔아놓는 그의 일을 따라 우리의 사유와 감각을 새롭게 갱신해 가게 된다.

5. 아름다운 파문으로서의 정형 미학

사람들은 서정시가 가지는 촌철살인의 힘을 오래도록 대망해 왔다. 잘 짜인 언어를 통한 감동과 자각은 그만큼 인간 욕망의 대상이자 문화 행위의 핵심이기도 하였다. 짧게 쓰인 언어를 통해 인류의 지혜가 오래 전승되어 온 것은 이러한 욕망이 구체적으로 반영된 실례일 것이다. 그런가 하면 사람들은 언어라는 불완전 매체를 수반하지 않는, 곧 언어 너머의 근원적 상태를 갈망하기도 했다. 언어가 가지는 불가피한 한계 때문에 진정한 감동은 언어 너머에 존재한다는 믿음을 줄곧 가졌던 것이다. 그래서 한켠에서는 언어 형식을 띠지 않는 진리 추구 방식이 여러모로 추구되어 올 수밖에 없었을 것이다. 정형 양식인 시조는 언어의 이러한 이중적 욕망을 동시에 표상해온 자랑스러운 역사를 가지고 있다. 그만큼 의미 지향과 탈脫의미 지향의 욕망을 균형감 있게 결속하면서 '시적인 것'의 내용과 형식을 이루어온 것이다. 오종문의 이번 시조집은 이러한 균형 아래서 특유의 아름다운 파문을 그려냈다. 그가 그려낸 아름다운 파문이란 짧은 언어를 통한 사랑의 회상, 자연 사물을 통한 해석과 성찰, 초월과 안착의 심상 제시 등이고, 그것을 모두 감싸고 있는 것이 '사랑'의 에너지일 것이다. 이러한 자신만의 세계를 아름답게 완성한 이번 시조집 상재를 축하드리면서, 우리는 시인이 앞으로 이루어갈 세계를 오래오래 바라볼 수 있었으면 하는 소망을, 마음 깊이, 또한 가져보게 된다.